KB095579

별의 노래3

별의 노래3

초판 1쇄 발행 2024년 2월 29일

지은이 김정훈
펴낸이 이기봉
편집 좋은땅 편집팀
펴낸곳 도서출판 좋은땅
주소 서울특별시 마포구 양화로12길 26 지월드빌딩 (서교동 395-7)
전화 02)374-8616~7
팩스 02)374-8614
이메일 gworldbook@naver.com
홈페이지 www.g-world.co.kr

ISBN 979-11-388-2801-7 (03810)

별의 노래 3

김정훈 시집

좋은땅

곁에 둔 세상의

또 다른 표현

시의 갤러리를 여는 데

마음의 성원을 보내 주신

모든 분들에게 감사드립니다

2024년 2월

김정훈

차례

별의 노래

별의 노래

희미하게 빛나는

별의 노래

바람의 선율 따라

희미한 설렘 만들고

맑은 열정의 꽃

피웠던

밤의 노래로

찾아와

희미한 꽃을 피운다

밤하늘

어둠이 내려 앉으며

우주가 열린다

검정도화지 위에

시간이 그린 동화

밤하늘에 그린

자연의 섭리

인간… 별에서 온 존재

시간을 본다

존재와 진보에 대한 물음

사랑과 용기를

본다

정월 초하루

새로운 시작은
차가운 봄기운이 찾아 올 때
달이 가장 작은 날
그렇게 시작되었다
머무름의 시간을 끝내고
옛부터 그래 왔듯이
자연의 섭리에 따라
새로운 이야기
희망을 쓴다

눈빛

평창올림픽으로

이어진 나라

마알간 소녀들

그 속에는 북녘 땅의 소녀들이 있었다

남녘 소녀를 바라보는

북녘 소녀의

낯선 눈빛

분단의 역설이 있다

박타령

뒷 곁 텃밭

단호박

조선호박

애호박…

탐스런 자연의 빛 담아

둥글둥글

나는 무슨 박을 타고 있나

아름다움일까

달항아리

하얀 동그라미

대담한 여백의 용기

쉬운데 어려워

단순한데 풍부해

소박한 우리정서

하얀 동그라미 역설에

순수한 절제의 미 담아

선의 의미 돌아보게 하네

제주방언

아름답다

귀하다

신기하고 재미있는 우리말

오해와 편견이 만든

역사의 아픔이 있었다

바다가 만든 거리와

시간이 만들어 놓은 차이

부치러왕 하지 말앙

벙세기 웃습서

어느 순간 시가 내 곁에 다가와 있었다

어느 순간

시가 내 곁에 다가와 있었다

시라는 무대에 올라

만나는

신비로운 시의 세계

운문과 친숙해 진다는 것은

어떤 것일까

선은 무엇일까

라는 질문을 던져 보게 하는 일

약하지만 강하다

여성은 약하지만 강하다

강함은 무엇인가

솔직함과 용기는 강한 것

강한 것에 행복이 있다

어머니는 강하다

사랑이 있다

사랑은 강하다

강한 것에 아름다움과 행복이 있다

아름답다

아는 것을 아름답다고 한다
소중한 유산을
후손들은 물려받았다

아는 것을 아름답다고 한다
아름다운 것을 사랑이라 했다
아름다움과 사랑은 닮은 꼴…

실존과 자기소외

삶을 핑계대었다
사람은 사회를 닮아 간다 하였다
삶에 새로운 세계가
있다는 것을
알지 못했다
그 곳에 새로운 가치들이 있었다
사람은 사회를 닮아 간다 하였다

한글의 향기

한글을 보고 있노라면

향기롭다

의미와 소리를 담아내는

아름다운 그릇

수천 년 가려진 우리말

담아낸

옛 지성들의 향기

섬

외로움은

외로움이 아니다

외로움은

삶과 존재의 아이러니

바다를 만나

섬은 섬이 되었다

시가이 버스터미널

시가이 버스터미널데스

버스 안에서 울려오는

이웃나라 말

우리와 닮아 있어

착각인가

아득한 역사의 시간이

만든 흔적일까

시가이…

시 가장자리

데스…

되었습니다

버스 안에서 울려 온

이웃나라 말

우리말 하고 있는 듯 해

웃음 짓게 해

씨앗

씨앗…

생명의 근원

어디에서 비롯하였을까

시간…

시간에 옷을 입힌 씨앗은

아름다움과 사랑

생명과 삶의 옷을 입고

시간을 만나

역사가 되었다

화단에 핀 한 송이 백장미

하얀 분홍의 빛

있는 듯 없는 듯

여러 겹 우아한 옷으로

살포시…

정열적인 눈빛으로

고운 몸 감싸

순결한 사랑 피웠네

두만강 나루터 - 기억

두만강 철교 만포교

눈앞에 두고

두만강물 나즈막한 소리

유유히 흘러

건너편 북녘 땅이

남경시라 했는데

국경 마을들

동그라미

그리고

잿빛 낡은 공장들

강변따라 우울하게 서

옛 고토 바라보며

큰 화합의 이야기

분단의 역설

말하네

산들바람

대한이 지나가고

겨울의 끝자락

무심한 어둠의 담장 넘어로

살며시 찾아든

뜻밖의 산들바람

봄의 설레임 만들어

산들산들

바람의 향기 불어와

살며시

봄의 동그라미 그리네

세시풍속

어린 시절

정월 초하루 대보름날 추억이

왜 그렇게 즐거운 것인가 했는데…

봄의 설레임

새로운 시작의 설레임으로

모두가 하나 되었던 시간

감사와 희망의 의식

화합의 한마당

너도 나도

흥겨운 웃음꽃

새로운 시작과 질서의 의미

생각했네

어린 시절 고향

오랜만에 찾아 온 고향마을의 저녁공기는

가족의 품처럼 편안하고 아늑해

꿈에 본 듯 비슷한 사람들

비슷한 말투 표정들

익숙한 모든 것들

마음은 어린 시절로 달려가고

아버지 어머니 누나가 있던 그 곳

고향마을이 세상이었던 때

거리에 아이들로 가득 찼던 때

철없던 아이의 마음은

늘 꽃을 피웠다

고향마을이 세상이었던 때

먼 길을 돌아

지금 나는 어디에 서 있나

우리는 어디로 가야 하는가

지나 온 만년의 시간

그리고 앞으로 또 만년의 시간…

오늘 저녁에는 어머니에게 전화를

드려야 겠다

좋은 책

진실

설레임

울림이 있는 즐거움이 있는 곳

사랑의 길

질서와 주체적으로 화합하는 길

시공간을 초월한 탐험과 여행의 길

위대한 지성들을 만난다

좋은 친구들을 만난다

가장 값 비싼 것을

가장 값 싸게 얻을 수 있으니

자본의 논리에서

벗어나 있다는 것이

얼마나 다행스럽고 행운일까

좋은 책을 만나게 되는 일은

그 중요한 가치에 비해

얼마나 과소평가 되어 있는가

추상화

무엇일까

이렇게 보고 저렇게 봐도

좀처럼

실마리 나타나지 않으니

생략과 변형

또 하나의 언어 되어

사고의 바다 만들어 놓네

시는

언어로 그린 추상화인가

시간 2

우주의 섭리는
시간을 만들었다
시간은 세상과 만나
삶의 조건이 되었다
철학이 되었다
세상과 메타언어…
인간의 존엄성과 용기
시간의 해석은
역사와 진보의 발걸음
만들어

우수를 앞두고

아직 밭의 흙은 단단하고

차갑다

햇살의 온기는 더디고

흙의 생명력은 잠잔다

자연의 섭리는

생명의 싹을

쉽게 허락하지 않고

빈 밭의 머무름은

새로운 이야기를 재촉한다

존재

우리는

어떤 존재가 되어야 할까

스스로를 사랑할 수 있는 존재

어떤 존재일까

존재론적 삶

선을 만나는 존재

선은 질서와 가치를 만들고

아름다움과 사랑으로 나타나

나무

존재란 무엇인가

나무는 어떤 존재가 되어야 하는가

생명과 자연의 섭리는

우리에게 숨 쉴 공기를 만들어 주었다

거친 바람의 방패가 되어 주었다

아름다움을 만들었다

문명과 역사의 공신

종이가 되고

활자가 되었다

존재란 무엇인가

나무는 어떤 존재가 되어야 하는가

둥근달

밤하늘이 그린 작은 동그라미
나뭇가지 위에 살며시
내려앉아
달 그림 그리고
지붕 사이로 살짝
고개 내밀어
미소 짓네
산등성이 덩실 걸려
정겨운 옛 이야기
말하려는 듯 하고
덩실 떠오른 달빛
그리운 친구 되어
마음속 동화 그리네

시

시라는 무대에 올라

만나는 신비로운 세계

생각의 문을 열어

추상에 가려진

의미에 다가간다

큰 관념의 이야기

의미는 쉽게 그 모습 드러내지 않고

생각은 춤추고

아름다움을 만난다

베이징 올림픽 쇼트트랙 선수들

새처럼 내달리는

아나운서의 말소리

쇼트트랙 선수를 따라가다

갑자기 찾아 온 혼란은

아직도 우리는

고(구)려인이라고 쓴

선수의 유니폼

고구려는 부여에서 비롯하였고

단군 고조선을 뿌리라 여겼다

부여의 전통과

가려진 고조선의 역사

그리고 그 공통분모는…

선수들은

고(구)려인이라는 유니폼을 입고

얼음판을 내달린다

강강수월래

한 해의 바램

둥근달처럼 가득 차길

바라는 마음 담았을까

강강수월래

강강수월래

달의 노래 부르며

민중들 홍과 정서 춤추고

치맛자락 댕기머리 날리며

손잡은 하나된 마음

화합의 동그라미 그리네

강강수월래

강강수월래

흐린 날

수평선 사이에 두고

하늘과 바다 무엇을 말하려는지

하늘은 먹물로 그린 수묵화

바다는 꿈틀대는 폭포수

그 곳에 그려진 갈매기 무리

한데 어우러져

우주의 섭리는

자연의 생명력을 그린다

감포

경주 외딴 바닷가
감포가 있다
낯설었던 땀과 순수한 인연이 만든
정겨운 얼굴들이 있다
낯선 땀으로
함께 춤추었던 시간
마음마다 순수함 담고
정겨움 그렸네
그리운 정겨움에
한번씩 돌아보는
경주 외딴 바닷가 감포

아버님 계신 곳

사랑과 용기가 묻혀

신성함을 만들었다

그 신성함은

역사와 아름다움을 지켰다

만년의 미래를

생각할 수 있게 하였다

현충원의 아름다움은

사랑과 용기의

아름다움을 말한다

고조선 후

산이 많은 나라

골짜기도 많아

이 골 저 골 사람들

온 나라

이야기 옷 입혔네

어느 고을 사람이오

바른 길 걸은 역사

지혜로운 사람들

어떻게 모였나

가려진 대서사시…

우리역사

그 뒤에 숨은

교육 DNA 있어

세종시

금강이 흐른다

도시를 조각한 듯

선 면 입체…

도시의 표현들

반듯함과 질서는 정서 담고

대담함과 용기는 미를 담아

도시는 예술을 입었다

도시 갤러리

아름다운 대왕의 위엄

도덕률 되어

아름다움 사랑 표현하려는 듯…

도시는 아직 조각 중이다

사군자

선이란 무엇일까

아름다움이란 무엇일까

자연의 섭리는

선과 아름다움을 생각하게 하고

매 난 국 죽을 그렸다

거문고

현실과 실존이 하나 된 존재

여섯 줄로 타는

둔탁하고 맑은

선의 소리

예와 낭만의 선율되어

전통의 정체성과 화해하는

미래를 노래한다

예악(禮樂)

예(禮)는 도(道)가 되고 법이다

어떤 길인가

선의 길이다

선이란 무엇인가

선은 가치와 질서를 만들고

아름다움과 사랑으로 나타나

락(樂)은 아름다움이다

선 존재 표현에서 비롯하는

아름다움에서 락(樂)이 나온다

예와 악(樂)은 하나로 통한다

도덕(道德)

도는 길이다

어떤 길인가

존재와 사랑의 길이다

덕은 사랑이다

따라서

도덕은 선의 윤리와

사랑을 이야기 한다

해학

궁정의 역설

옛 전통시기 민중들의 표현이었다

모순과 웃음

웃음으로 화해한다

탄생

문장은 예술이다

조각이 되고 그려지고

음악이 된다

문학과 예술은

세상과 관념을 표현한다

의미와 표현은

어떻게 탄생하는가

현실과 실존이

하나 된 존재로의 탄생과

언어조건

인의예지(仁義禮智)

인(仁)은 어질 량(良)과 구별된다

사랑의 의미를 담는다

선과 지혜를 바탕으로 한다

존재(시'존재')로부터 인(仁)이 나온다

의(義)는 거짓되지 않으려는 태도인

선에서 비롯한다

용기가 따른다 강함이다

예(禮)는 도(道)다 법이 된다

지(智)는 존재론적 사고와 진리를 추구함이다

선과 함께

아름다움과 사랑의 바탕이 된다

신(信)은 믿음이다 선에서 비롯한다

인의예지신(仁義禮智信)은 선과 사랑으로 통한다

아름다움이다

유산

고속철도를 타고 가며
창밖으로 들어오는
속도감을 바라 본다
유산의 의미를 생각한다
과거와 현재의 공존
과거와 현재의 화해
가치를 만들고
미래를 건설한다

노인의 노래

7월의 어린 벼

뜨거운 햇살 아래

물결이는 빛의 향연

흐르는 명랑한 바람의 웃음따라

자유로운 녹색선율이 만드는 환상곡

깊게 주름 패인

노인의 노래

환상

정수장 삼정골

어느 농가 옆

몇 그루 사과나무에

주렁주렁 탐스럽게 달려 있는

환상

올해도 농민은 이렇게

환상을 먹겠지

보람 있다

보람 있는 일에는

아름다움이 있다

배움에 보람이 있고

사랑에 보람이 있다

지혜를 보는 일을

옛 선인들은

보람 있다 하였다

늘 곁에 있는 우리말에서

가치와 미

관념과 역사를 발견한다

눙이 좋이는 토끼

눙이 좋이는 토끼다

톡! 튀어

박차고 올라

천진한 웃음 만들고

순식간에 뛰어 달아나는 모습에

웃음짓네

껑충껑충

동글동글

자라는 소리

반짝반짝 빛나는 소리

왕겨

사르륵 사르륵

자연의 향기가

사르륵 사르륵거린다

생명의 소리다

아이들 마음에 꽃이 핀다

보람된 일이다

보람은 지혜를 보는 일이라 한다

아름다움을 보는 일이니

왕겨는 사랑이다

봄배추

녹색의 풀내음

맛과 향기는

신난 아이들의 마음을 노래하고

아이들은 마치 합창을 하듯

축제의 시간을

합창한다

우리와 다른 녹색의 가치를 보며

이렇게 봄을 지났다

봄 여름 가을 겨울

봄 수줍은 어린 설레임

무엇을 봄인가

새로운 시작일 것이다

여름 성장은 단색의 미와 가치를 만들고

가을 계절의 사랑과 우아한

가을의 성숙함을 사색한다

겨울 머무름과 그리움

기억 상상 환상이 어우러져

기억을 그린다

변증법

현실과 실존의 화해

자유의 양면성이 낳은

평등과 불평등의 화해

자본주의 시간과 사회주의 시간의 화해

역설과 아이러니에 담긴

정반합의 논리는

가치관의 확장과 전망이라는

미래를 낳았다

이념

자유와 평등에 대한

철학적 사고는

이데올로기를 낳았다

인간의 존엄성과 평등의 근본

자유

그러한 자유가 불평등을 낳고

이데올로기를 낳았다

자유의 양면성

사회주의는 경쟁의 가치를 잃게 되었고

자본주의는 민주주의의 성숙을 조건으로

공정한 불평등은 평등이 되었다

평등한 사회는

민주주의의 성숙을 조건으로 한다

공정한 불평등은

민주주의의 성숙을 조건으로 하기 때문이다

공정한 시간 소유는

가치와 만나 삶의 공평함으로 작용하고

새로운 사회전망을 말한다

현실과 실존이 하나 된 존재

우리의 일상과 현실의 공간

문학을 만나

문장으로 전환되고

평범해 보이는 일상도

곳곳에 담긴 관념들

아름다움 사랑의 조각들을 발견한다

현실과 실존이

하나 된 존재와 삶에서

이러한 것은 발견되고

정리된 의미로 질서를 갖는다

국문학예찬

우리의 일상이

미학을 만나

문학이 되고

실존과 현실의 화해는

전통과의 화해

큰 화합의

사회전망을 이야기 한다

보완관계

전인교육과 전문성은 보완관계다

전인교육은 어떠한 것인가

선의 윤리와 존재…

존재론적 사고와 상상력이

열려 있는 교육이라 한다면

고도로 복잡화되고 전문화된 사회에서

개인은 공정한 시간 소유에 따라

현실과 실존의 조화를

이루어야 한다

전인교육의 울타리 밖 사람들의

변화는

사회변화와 전망을 이야기 하고

큰 화합의 질서를

생각하게 한다

시와 노래

새로운 세상으로 이끈

노랫소리

짙고 슬픈 사랑이 흘러

무감각하게 흐르는 시간 속

무심한 발걸음

돌려 세우고

지친 마음에

새로운 피 흐르는 듯

새로운 세상을 만났다

가을의 국화

가을과 겨울 사이

이른 아침

정원의 국화꽃

엊그제 맺힌 이슬방울

시간의 의미에

채색되어

짙은 정열을 피웠다

시가 된 어느 날의 구룡포

시와 음악이 흐르는 어느 가을 날 만난
구룡포는 시가 되었다
잔잔한 기타 소리와 함께
들려오는 사색의 노래
가을의 낙엽이 뒹구는 계절은
그리움으로 추억으로 이끌고
생각하 듯 그렇게 혼잣말하 듯 그렇게
시인은 시를 노래하고
사람들은 계절에 하나가 된다

미의 위계

말은 문학이 되고

예술이 된다

대화와 말로도

공간미학을 이룬다

그 사회의 말과 대화는

그 사회의 미를 말한다

거리의 분위기 있는 카페가

공간의 대화와 말로서 아름다울 수 있다

그렇지 않다면

그저 분위기 있는 카페로 남을 뿐이다

늦가을에 만난 울산문화예술회관

연둣빛 짙은 주황 노랑 빨강

어우러져

늦가을 공원의 우아한 향기

기억과 상상 환상과 만나

계절의 그리움 남기고

자연의 아름다운 연출에

사람은 마치

그 속에 그림이 되어 버린 듯

계절의 우아한 그리움으로 남은

미술관으로의 초대

낯선 열정 탭댄스

낯선 선율과 춤추는 열정

춤추는 발의 경쾌한 소리

해맑은 표정과 미소

피아노 기타 타악이 하나 된 선율에서

청춘의 본성을 듣는다

자유롭지만 자유롭지 못한 존재

청춘들의 사랑은 아름답다

낯선 선율과 춤추는 열정에

어느새 하나 되어

청춘의 열정을 만난다

외모

2023 잼버리의 얼굴들

순진한 어린 얼굴

똑똑한 어린 얼굴

어디에서 비롯하는 걸까

사람은 사회를 닮아 간다 하였다

세계관 가치관

교육과 만나

똑똑한 어린 얼굴을 만들었다

현실과 실존이 하나 된 존재

가치관의 확장은

어떤 얼굴을 만들까

사랑의 어깨

어린 아기를 업은
젊은 엄마의 어깨에서
전통과의 화해
순리와 질서를 본다
노인이 된 엄마를 업은
어린 아기를 본다

이정표

저 많은 사람들은

어디로 향하는 걸까

이정표를 바라본다

하행선…

분주한 서울역 역사 내 저녁공기가

갑자기 잔잔한 설레임으로

다가온다

이정표를 바라본다

우리의 미래가 서 있다

낭만

좋은 마음이 물결을 이룬다

현실과 거리를 둔

사랑과 아름다움이 있다

그리움이 있다

무감각하고

건조한 긴장과 화해한다

사람과 사랑

알아야 사는 존재를

옛 선인들은

사람이라 하였다

사랑은 지혜를 바탕으로 한다

아름다움과 사랑은

실존의 존재

사람의 어원을 만들었다

트롯콘서트

선율과 토크로

이야기 하는

극적무대는

그림이 되고 시가 되어

대중예술의 미학으로 남아

과거와 현재의 공존으로

만난다

문의청남대 휴게소

이른 아침 작은 계곡

사랑과 자비 담은

이슬 맺은 목탁소리

단잠 깬 숲의 생명들

고달픈 하루의 설레임

다른 언어 같은 마음은

오늘과 먼 과거의 공존

자연과 생명

공존의 의미를 묻는다

목소리

인생과 나이 듦에
청춘이 자리하는 곳
목소리는 청춘을 간직하고
오랜 친구들과 해후한다

민요

민중들의 한과 정서를

토해내는 소리다

사랑과

시대와 한은

홍의 해학을 만들고

운명과 화합하는 소리를

만들었다

무가

무가와 굿은 화해다
화해의 노래이며 춤사위다
신의 권위 아래 한을 풀어낸다
한이란 무엇인가
공정하지 못함이다
그것을 신의 권위 아래 풀어낸다
신의 권위는 어디에서 비롯하나
선의 윤리에서 찾아야 하지 않을까

시나위

타악이 앞서거니 빨라지고
현악이 앞서거니 느려지고
흥의 가락 힘찬 합주소리
간간히 들려 오는 달빛 서정
연주소리 물 흐르는 듯
인위적 힘은 어디로 갔는지
신들린 듯 풀어내는 소리가락
자연의 소리
아무런 힘 실려 있지 않네
제각기 자유로운 연주소리
자유분방함 속에서
만들어 내는 질서
조화로워

장날

삶의 리듬되어

모여 드는 사람들

시끌벅적한 흥과 맛

우리 정서와 삶 되어

문학이 되고

민중들의 주장이 되어

민중의 광장을 만들었다

옛 선인들의

또 다른 표현을 만난다

얼

옛 선인들은

어른과 어린이를

정신(얼)으로 구분하였다

얼의 모습은

어떻게 형성되고 변화하는가

전통의 조건은

얼이 자리하는

얼굴이 되었다

질서와 순리가 되었다

무우과자

아침 잘라 놓은
청무우 아삭거리는 소리
소박한 맛
옛 사람들의 맛과 소리다
없는 듯 소박한 단맛
옅게 배어 있고
아삭거리는 소리를 따라
마음은 즐겁다
소박함에서
찾을 수 있는 의미는
어떤 것일까
소박함은
생각을 방해하지 않는 맛과 소리다
옛 선인들이 소박함을 찾은
이유일 것이다

열쇠 2

전통의 표현과 해석

어휘 속에 담긴 의미와 조어

그 속에 담긴

전통의 관념들을 발견한다

전통의 의식과 미를

발견한다

외출 2

우리네 생명과 삶은

시간 속에 변해 가고

그 모습도 그 인식도

변함없는 자연 앞에

우리의 정체성

이정표 되어

참나무

누구의 마음 담았을까

여기 저기 참나무

자연일까 인간일까

생명들의 겨울나기

도토리에

생명들의 환한 얼굴

참나무라 부르네

양배추를 손에 든 더위

양배추를 손에 든 더위

아이들이 먹는 녹색의 겉잎들

사람들의 가치기준에서

자연과 생명으로

세계가 확장될 때

가치는 달라질 수 있다

아이들 덕에

세 개의 언덕을 넘어

절벽 위에 매달린 진가를 보게 되니

그 진가를 만지는 순간

향기로운 자연의 환상으로

가득한 곳에 이끌려

부추꽃

작은 하얀 꽃봉우리

순수한 아름다움 피우며

놀라게 하고

가을 햇살 아래

씨앗 떨어 뜨려 선

우아함은

어디에서 오는 것인지

봄의 내음인 줄 알았는데

찬기운 찾아 든 계절

부추는

향긋한 아름다움 선사하네

소박한 우리정서 정구지에

우아한 기품 들었네

셔나(西那)

언어에 담긴 역사

서울의 옛 이름일까

셔나(西那)

서쪽에 사람들이 모여 사는 곳

제주방언이

서울의 의미를 밝혔다

고구려를 만난다

선과 사랑

사랑은 선에서 비롯한다

거짓되지 않으려는 태도

선에 용기가 따르고

선과 용기는

주체성으로 이어져

지혜와 만나

지혜를 만난 선은

스스로를 사랑할 수 있는 존재를 발견하고

사랑의 의미를 찾는다

우리의 일상 속

담겨 있는 크고 작은 관념들

그것을 통합하고 있는

선과 사랑을 발견한다

관념간 통합되고 통일된 시각은

더 큰 가치를 지향하게 하고

불필요한 오해와 갈등을 지양하여

화해와 더 높은 위계의

아름다움으로 만난다